Nota para los padres y encargados:

Los libros de *Read-it!* Readers son para niños que se inician en el maravilloso camino de la lectura. Estos hermosos libros fomentan la adquisición de destrezas de lectura y el amor a los libros.

El NIVEL MORADO presenta temas y objetos básicos con palabras de alta frecuencia y patrones de lenguaje sencillos.

El NIVEL ROJO presenta temas conocidos con palabras comunes y oraciones de patrones repetitivos.

El NIVEL AZUL presenta nuevas ideas con un vocabulario más amplio y una estructura gramatical más variada.

El NIVEL AMARILLO presenta ideas más elevadas, un vocabulario extenso y una amplia variedad en la estructura de las oraciones.

El NIVEL VERDE presenta ideas más complejas, un vocabulario más variado y estructuras del lenguaje más extensas.

El NIVEL ANARANJADO presenta una amplia de ideas y conceptos con vocabulario más elevado y estructuras gramaticales complejas.

Al leerle un libro a su pequeño, hágalo con calma y pause a menudo para hablar acerca de las ilustraciones. Pídale que pase las páginas y que señale los dibujos y las palabras conocidas. No olvide volverle a leer los cuentos o las partes de los cuentos que más le gusten.

No hay una forma correcta o incorrecta de compartir un libro con los niños. Saque el tiempo para leer con su niña o niño y transmítale así el legado de la lectura.

Adria F. Klein, Ph.D.
Profesora emérita, California State University
San Bernardino, California

Translation and page production: Spanish Educational Publishing, Ltd.
Spanish project management: Jennifer Gillis/Haw River Editorial

First Spanish language edition published in 2007
First American edition published in 2003
Picture Window Books
5115 Excelsior Boulevard
Suite 232
Minneapolis, MN 55416
1-877-845-8392
www.picturewindowbooks.com

First published in Great Britain by Franklin Watts, 96 Leonard Street, London, EC2A 4XD

Printed in the United States of America.

Library of Congress Cataloging-in-Publication Data
Wade, Barrie.
[Cinderella. Spanish]
La Cenicienta / por Barrie Wade ; ilustrado por Julie Monks ; traducción, Patricia Abello.
p. cm. — (Read-it! readers en español)
Summary: Although mistreated by her stepmother and stepsisters, Cenicienta meets her prince with the help of her fairy godmother.
ISBN-13: 978-1-4048-2658-8 (hardcover)
ISBN-10: 1-4048-2658-0 (hardcover)
[1. Fairy tales. 2. Folklore. 3. Spanish language materials.] I. Monks, Julie, ill. II. Abello, Patricia. III. Cinderella. Spanish. IV. Title. V. Series.

PZ74.W33 2006
398.20944'02—dc22 2006005756

La Cenicienta

por Barry Wade
ilustrado por Julie Monks
Traducción: Patricia Abello

Asesoras de lectura:
Adria F. Klein, Ph.D.
Profesora emérita, California State University
San Bernardino, California

Ruth Thomas
Durham Public Schools
Durham, North Carolina

R. Ernice Bookout
Durham Public Schools
Durham, North Carolina

PICTURE WINDOW BOOKS
Minneapolis, Minnesota

Érase una vez una bella chica llamada Cenicienta.

Cenicienta tenía dos hermanastras feas
que eran muy crueles con ella.

La obligaban a hacer el trabajo más pesado.

A las dos hermanastras las invitaron al baile del palacio real.

Cenicienta también quería ir.

De repente, apareció un hada.
—Soy tu hada madrina
—le dijo a Cenicienta.

El hada movió su varita mágica.

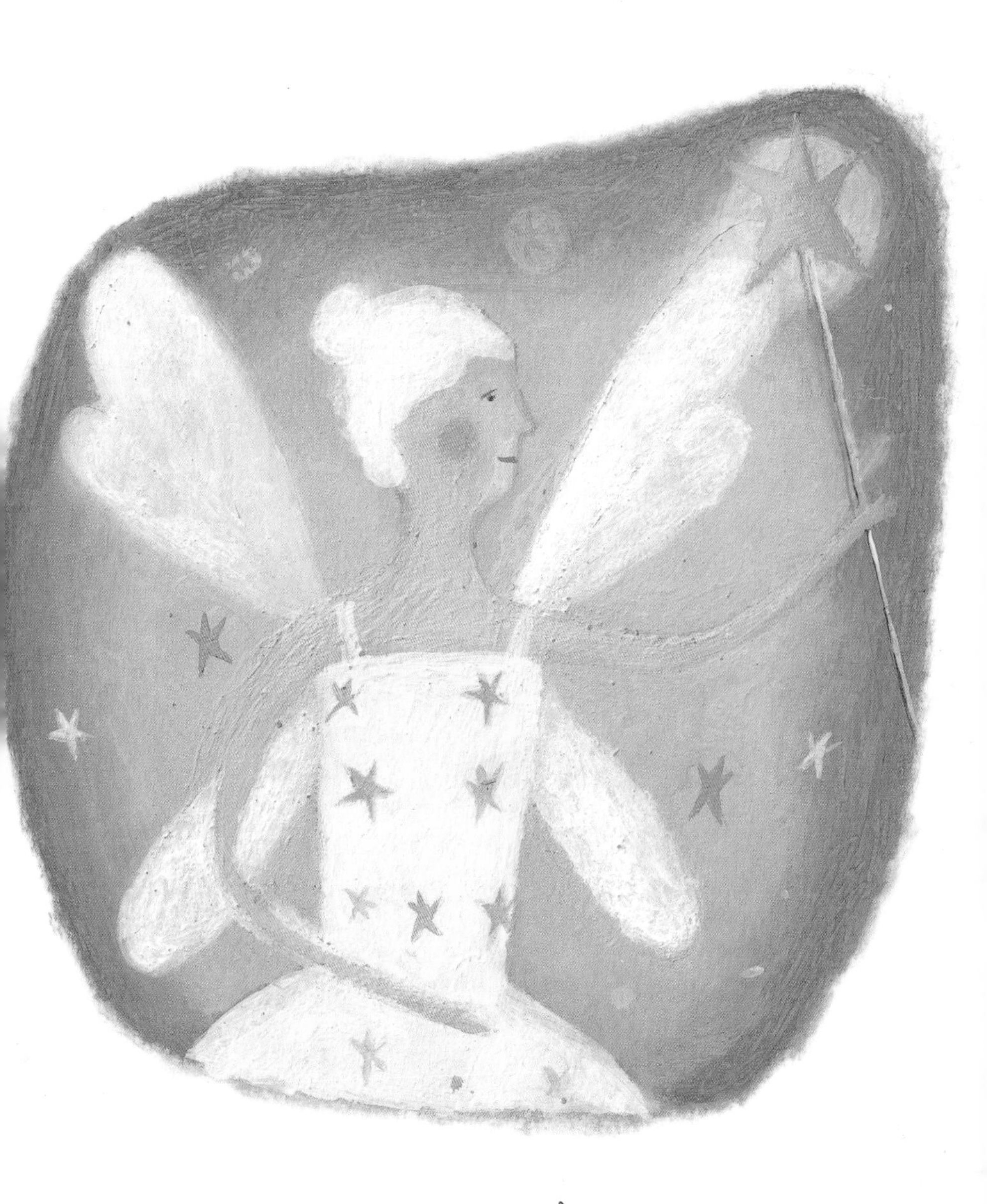

Los harapos de Cenicienta se convirtieron en un bello traje.

En sus pies tenía unas zapatillas de cristal.

El hada madrina convirtió una calabaza en un gran carruaje.

Después convirtió unos ratones en caballos.

—Que te diviertas —le dijo a Cenicienta—. ¡Pero regresa a la medianoche!

—¡Te lo prometo! —exclamó Cenicienta—. ¡Muchas gracias!

Todos en el baile se preguntaban quién era la bella princesa.

El príncipe bailó todo el tiempo con ella.

Cuando el reloj comenzó a dar las doce,
Cenicienta recordó su promesa.

Corrió hacia el carruaje. En el camino perdió una de sus zapatillas de cristal.

De repente, el carruaje y los caballos desaparecieron.

El bello traje de Cenicienta volvió a convertirse en harapos.

El príncipe encontró la zapatilla de cristal, pero no encontró a Cenicienta.

Todas las chicas del reino se midieron la zapatilla, pero a ninguna le quedaba bien.

Las hermanastras trataron de ponerse la zapatilla, pero sus pies eran muy grandes.

—Que se la pruebe esta chica
—dijo el príncipe al ver a Cenicienta.

—Ésa es Cenicienta —exclamaron las hermanastras—. ¡No le quedará la zapatilla!

¡Pero sí le quedó!

El príncipe encontró a su princesa
y vivieron felices para siempre.

Más *Read-it!* Readers

Con ilustraciones vívidas y cuentos divertidos da gusto practicar la lectura. Busca más libros a tu nivel.

Gato Chivato	1-4048-2662-9
La pata Flora	1-4048-2661-0

FICCIÓN

El mejor almuerzo	1-4048-2697-1
Robi el robot	1-4048-2698-X
La princesa llorona	1-4048-2654-8
Ocho elefantes enormes	1-4048-2653-X
Los miedos de Mario	1-4048-2652-1
Mary y el hada	1-4048-2655-6
Megan se muda	1-4048-2703-X
¡Qué divertido!	1-4048-2651-3

CUENTOS DE HADAS

Los tres cabritos	1-4048-2657-2
Juan y los frijoles mágicos	1-4048-2656-4
Ricitos de Oro	1-4048-2659-9

¿Buscas un título o un nivel específico? La lista completa de *Read-it!* Readers está en nuestro Web site: *www.picturewindowbooks.com*